Le cercle des pièces perdues
Contes de souhaits perdus et de magie oubliée –
Un recueil d'histoires magiques et mystérieuses
Belinda Chavremootoo

Le cercle des pièces perdues

Contes de voeux perdus et de magie oubliée - Une collection d'histoires enchantées et mysterieuse

Ce livre précieux appartient à

Table des matières

NOTE DE L'AUTEURE

Certaines pièces ont plus que de la valeur : elles contiennent des histoires, des souvenirs et des souhaits qui attendent d'être retrouvés.

J'ai toujours été fascinée par l'idée que chaque pièce passe entre d'innombrables mains, à travers le temps et la distance. Chacune d'entre elles a une histoire. Un souhait que quelqu'un a fait. Un moment qui a compté.

Cette idée a donné naissance à Le *cercle des pièces perdues*, un recueil d'histoires sur la magie, le mystère et le pouvoir de se souvenir. Qu'il s'agisse d'un murmure fantomatique, d'un souhait trop puissant ou d'une pièce qui disparaît et réapparaît, chaque histoire nous rappelle que le passé n'est jamais vraiment perdu.

Vous avez peut-être déjà tenu une pièce en main et vous êtes demandé où elle était. Vous avez peut-être fait un vœu et attendu qu'il se réalise. Peut-être, juste peut-être, qu'il y a un peu de magie dans les choses que nous laissons derrière nous.

Merci d'avoir pénétré dans ce monde de souhaits perdus et d'histoires oubliées. **Que feriez-vous si vous trouviez une pièce qui vous répondait par un murmure ?**

Continuez à rêver. Continuez à vous interroger. Continuez à chercher la magie.

Belinda Chavremootoo

Les pièces fantômes

Un mystère étrange et émouvant sur un ancien marché

Le marché des objets perdus

Théo aimait le marché.

Il était **vieux, bruyant et rempli d'histoires**. Chaque stand avait quelque chose d'étrange : des bijoux dépareillés, des livres sans couverture, des horloges qui ne faisaient pas tic-tac.

Théo l'appelait le **Marché des Objets Perdus**.

« Les gens disent qu'ici, certaines choses ne veulent pas être trouvées », prévient sa grand-mère.
Théo **leva les yeux au ciel**. « Tu veux dire des fantômes ? »

Sa grand-mère se contenta de sourire. « Tous les fantômes ne sont pas ceux que l'on voit. »

Théo ne croyait pas aux fantômes. Mais c'était avant qu'il trouve **la pièce**.

Cela s'est déroulé dans un petit kiosque poussiéreux situé dans le coin le plus reculé du marché.

Le vieux marchand examinait une boîte en bois, ses doigts caressant des **pièces étranges et dépareillées**. Certaines étaient rouillées, tandis que d'autres brillaient en or.

Et l'un… L'un semblait tout à fait **normal**.
Juste un sou.

Mais dès que les yeux de Théo se posèrent sur elle, son ventre **se noua**.
Il faisait plus frais que dans les autres pièces.

Plus sombre.

Et quand le marchand le leva, il produisit un bruit qui glaça le sang de Théo.

Tel un souffle.

Théo chassa ce sentiment. « C'est combien ? »

Le vendeur était **indécis**.
« Celle-ci ? » Ses doigts se firent plus serrés autour de la pièce. « Celle-ci revient toujours. »

Théo **rit**. « Une pièce ne peut pas être hantée ! »

Le vendeur ne rit pas.
Mais il permit à Théo de le prendre.

Et cette nuit-là, alors que Théo était allongé dans son lit, il ressentit une sensation froide contre ses doigts.

Le sou.

Même s'il l'avait utilisé dans un autre kiosque.

Même s'il aurait dû **disparaître**.

Le chuchotement dans l'ombre

Théo fixa intensément la pièce de monnaie qu'il tenait dans sa main.

Non, ce n'est pas possible.

Il l'avait utilisé. Au kiosque de la boulangerie.
Il avait **regardé** le marchand le mettre dans la boîte à billets.
Mais maintenant… elle était **de retour** !
Plus fraîche qu'avant. Plus obscure qu'avant.
Et juste au moment où Théo s'apprêtait à la lancer à travers la chambre —

Un chuchotement remplit l'air.

« On m'a oublié… Je me sentais perdu… »

Théo s'arrêta net. Son cœur **battait à tout rompre**.
La chambre était **totalement obscure**, totalement silencieuse.
À part ce chuchotement. Cela ne venait pas de l'extérieur.
Ce n'était pas le vent.

Ça venait du sou.

Une voix du passé

Le souffle de Théo s'interrompit.

Non, pas moyen.

Les pièces ne parlaient pas. Les pièces ne **chuchotaient** pas. Il tenait **fermement** la pièce dans sa main. Le froid **s'infiltrait** dans ses doigts.

« On m'a oublié… Je me sentais perdu… »

Théo **lança la pièce sur son bureau**.
Je me fais des idées. Ce n'est qu'une vieille pièce de monnaie sans importance.

Il ferma les yeux et tira les couvertures sur sa tête. Mais le murmure **revint**. Plus doux. Plus **mélancolique**.

« Je t'en prie… ne m'oublie pas toi non plus. »

Les yeux de Théo s'ouvrirent tout à coup. Ses mains se mirent à **trembler**. Pour la première fois, il n'était plus aussi certain de ne pas croire aux fantômes.

Le vœu oublié

Théo ne parvenait pas à s'endormir. La pièce de monnaie **restait sur son bureau**, maintenant silencieuse.
Mais le chuchotement **résonnait encore dans son esprit**.

« Je t'en prie… n'oublie pas non plus de penser à moi. »

Le lendemain matin, Théo avait terminé avec ça. Il prit la pièce et **retourna au marché**. Il allait la rendre. Il allait s'en débarrasser. **Peu importe comment**.
Mais quand il arriva au stand du vieux marchand… **Le vendeur était parti.** Le stand était **désert**, comme s'il n'avait jamais été là. Les doigts de Théo se serrèrent autour de la pièce. La rouille s'effrita au contact.

Et le chuchotement revint.
« Une fois, j'ai fait un vœu… »

Théo **trembla.**
Quel est ton voeu ?
Qui es-tu?
Et au fond, il le savait déjà. **Il devait le découvrir.**

À la découverte de l'histoire oubliée

Théo n'est pas encore rentré à la maison.
Une fois, j'ai fait un vœu…

Le murmure **restait présent dans son esprit**. Le marché **bourdonnait de voix**, mais Théo n'écoutait pas. Il avait besoin de réponses. Ses yeux se posèrent sur un **vieux conteur** assis près des **étals d'épices**. Un homme qui avait dédié sa vie à rassembler des **histoires oubliées.**
Théo courut vers lui. « Monsieur, connaissez-vous un jeune homme qui travaillait au marché il y a longtemps ? »
Le vieil homme **pencha la tête**. Puis, doucement, il fit un signe de tête. « Il y a longtemps, dit-il, il y avait un jeune garçon qui vendait des journaux ici. »
Théo se pencha. « Que lui est-il arrivé ? »
L'expression du vieil homme **devint triste**. « Personne ne le sait. Il était là un jour… et il est parti le lendemain. » Les mains de Théo se refermèrent autour de la pièce.

C'était sa pièce ?
Le vieux monsieur soupira. « Mais avant de s'en aller, on raconte qu'il a formulé un vœu. »

Le vœu qui n'a jamais été réalisé

Le cœur de Théo s'accéléra.
Un jeune garçon qui s'est évaporé…
Un vœu qui n'a jamais été réalisé…

Le vieux raconteur **poussa un soupir**. « On raconte qu'il était là,
au cœur du marché, et qu'il a jeté une pièce en l'air. »
Les doigts de Théo se **refermèrent** sur la pièce.
Cette pièce.

« Mais avant que la pièce ne toucha le sol, continua le vieil
homme, un vent puissant s'est levé. Il a emporté la pièce. »

Le vœu n'a jamais été exaucé.
On ne l'a jamais écouté.

Théo **fixa** la pièce qu'il tenait dans sa main.
« S'il te plaît… ne m'oublie pas aussi. »
La voix était maintenant plus distincte.
Le garçon ne hantait pas la pièce.

La pièce hantait le garçon.

Un vœu qui attend d'être réalisé

Les mains de Théo **tremblaient**.
La pièce n'appartenait pas uniquement au garçon...
Elle renfermait son voeu inachevé.

Silvy, le sou intelligent du Cercle des sous, aurait su quoi faire. Le Cercle des sous réalisait des voeux perdus. Mais Théo n'était qu'un petit garçon. Comment pouvait-il venir en aide à un fantôme ? Il observa la pièce. Elle semblait **plus chaude à présent**. Comme si elle était **en attente**. Théo prit une grande inspiration. Et pour la première fois, il prêta attention. Un chuchotement envahit son esprit. La voix d'un garçon, douce et pleine d'espoir. *« J'aimerais… J'aimerais que quelqu'un se souvienne de moi. »*

La poitrine de Théo se **contracta**.

C'était le voeu ?
De ne pas être oublier ?
Et à ce moment-là, Théo savait —qu'il n'était pas trop tard.

La lumière du gardien des voeux

Le marché **était très animé**.
Mais pour Théo, c'était comme si le temps **s'était figé**.
Il regarda la pièce, sentant le poids d'un vœu qui ne fut
jamais écouté.

Je peux m'en occuper.

Théo s'approcha, revenant à l'endroit où le vieux raconteur
avait mentionné que le garçon était.
Il tenait la pièce bien **serrée** dans sa main.
J'ai respiré profondément.
Et chuchota :

"Je me souviens de toi."

Un vent soufflait sur la place du marché. La pièce qu'il tenait
dans sa main devint chaude. Elle brillait **doucement**.
Théo ressentit un **changement**.
Comme une porte qui s'ouvre doucement.
Comme un conte qui **trouve enfin sa fin**.

Libérer le voeu

Le vent **tourbillionait** autour de Théo.
La pièce **scintillait encore plus**.

Il se passait quelque chose…

Le murmure **n'était plus mélancolique**.
Il était **puissant**. Limpide.

"Merci."

La poitrine de Théo se **contracta**.
Il inspira profondément.
Et de tout son cœur, il chuchota :

« Ton voeu a été entendu. »

La lueur **a clignoté**. Une lumière dorée et douce **s'élevait de la pièce… puis s'estompa dans l'air.**
Théo **observait en silence**.
Et pour la première fois depuis qu'il avait découvert la pièce… Le murmure **s'était évanoui.**

Plus de murmures

Le vent **s'est apaisé**. La lueur **a disparu**. Théo se tenait au centre de la place du marché, les yeux rivés sur la pièce qu'il tenait dans sa main. Elle était **maintenant tiède**. C'était normal. Comme n'importe quelle autre pièce.

Le vœu a été entendu.

Théo expira, son cœur se sentant… **plus léger.**

Le vieux racnteur le regardait depuis sa boutique, un léger sourire sur le visage. « Tu as accompli quelque chose de spécial aujourd'hui », dit-il. Théo ne dit rien. Il leva juste les yeux vers le ciel… et pendant un petit moment…

Il pensa entendre une voix dans le vent.

"Merci."

Théo avait un grand sourire. Ensuite, il a **lancé la pièce dans l'air**. Elle a fait un tour. Puis un autre. Et quand elle a attéri, elle est restée **exactement au même endroit.**

Fini les chuchotements.

Pas de fantômes.

Juste un sou.

Un sou et une histoire qui **se termine enfin.**

*** Fin! ***

La chambre des voeux perdus

Un coffre-fort secret renfermant les voeux les plus dangereux et les plus puissants jamais exprimés.

La porte secrète

Eli aimait beaucoup les tunnels souterrains. Il adorait la manière dont ils se pliaient et tournaient sous la vieille ville, comme s'ils gardaient des histoires que personne d'autre ne se rappelait. Mais Eli ne se sentait pas vraiment à sa place là-haut, dans cette ville pleine de bruit, de monde et d'enfants qui ne faisaient même pas attention à lui. Ici-bas ? Dans les tunnels ? Il se sentait comme **une personne spéciale**.

Un jour, alors qu'il s'aventurait plus loin que jamais, il aperçut quelque chose qui le fit s'arrêter. C'était une **porte**, taillée dans le mur de pierre. Eli cligna des yeux. Ce n'était pas une porte comme celles qu'il avait déjà vues.
Elle **n'avait ni poignée, ni serrure, juste une petite fente pour des pièces de monnaie au milieu**. Des symboles tourbillonnaient à la surface, scintillant doucement comme s'ils espéraient que quelqu'un les découvre.
Le cœur d'Eli **battait avec force**. « Qu'est-ce que c'est ? » chuchota-t-il en étendant la main pour explorer les gravures.
La pierre **était chaude sous ses doigts**.
Puis il aperçut les mots inscrits au-dessus de la fente à pièces :

Pour ceux qui ont un cœur pur, les oubliés dévoileront leurs mystères.

« Pour ceux qui ont un cœur pur, les oubliés dévoileront leurs mystères. »

Eli inclina la tête. « Le cœur pur? Qu'est-ce que ça veut dire ? » Il sortit quelques pièces de sa poche : un penny tout neuf, une pièce de 25 cents en argent et une vieille pièce rouillée qu'il avait dénichée au marché un peu plus tôt. Il commença par essayer la pièce de 25 cents. La pièce **glissa à l'intérieur**, mais rien ne se produisit. La pièce de 25 cents tintinnabula à l'intérieur, mais toujours rien. Finalement, Eli prit la vieille pièce rouillée. Elle lui semblait **différente sa main : plus pesante, plus chaude.** Quand il l'a fait tomber dans la fente— La porte **a grondé.**

Les gravures scintillaient de mille feux, les symboles dansaient comme une brume dorée. Doucement, la porte **s'ouvrit en émettant un grincement.** Eli en resta sans voix. Derrière la porte se trouvait une pièce, qui rayonnait d'une douce lumière dorée. Et à l'intérieur…

Des millions de morceaux, murmurés, dans les airs, en attente.

Eli fit un pas en avant. Il ne le savait pas encore, mais il était sur le point de transformer complètement les choses.

Le coffre des voeux

Eli fait son entrée.
La chambre était **énorme**, s'étendant bien au-delà de ce que ses yeux pouvaient apercevoir.
Et les pièces…

Elles nagéaient.
Elles scintillaient.
Elles murmuraient.

Le souffle d'Eli se coinça dans sa gorge.
Certaines pièces brillaient comme des **lucioles**, clignotant joyeusement. D'autres vibraient doucement, diffusant des vagues de lumière dorée dans l'air.

Et quelques-unes…
Certaines restaient juste **assises là**, silencieuse, comme si elles avaient oublié comment rayonner.
Eli **frissonna**.

C'est quoi cet endroit ?

Ses pas résonnaient alors qu'il s'enfonçait encore plus dans le coffre-fort.

L'atmosphère **était pesante**, comme si la pièce retenait son souffle.
Ensuite, il l'a aperçu.

Une pièce de monnaie.
Pas flottante. Ni scintillante.
Je suis juste assis au centre de la pièce, en train d'attendre.

Quelque chose **tirait sur** la poitrine d'Eli.
Doucement, avec précaution, il l'attrapa.

Le sol vibrait sous lui.

Une voix profonde résonna dans l'air.

« Qui a le courage de réveiller un voeu oublié ? »

Les yeux d'Eli s'ouvrirent grand de peur.

Je crois que je viens de commettre une grosse bêtise.

L'avertissement du gardien des voeux

Le sol **vibra**.
Les murs **ondulaient comme des vagues**.

Eli recula **en trébuchant**, tenant la pièce dans sa main.
Dans l'obscurité, quelque chose se mit **à bouger**.

Une silhouette s'approcha, grande, entourée d'une brume
dorée.
Sa voix résonnait tout autour de lui.

*« Vous êtes maintenant dans la chambre des vœux oubliés. » «
Et vous avez pris ce qui était destiné à être oublié. »*

Le cœur d'Eli battait **avec force**.

La porte… Je dois me rendre à la porte…

Mais quand il se retourna, l'entrée avait **disparu**.
Il ne restait que de longues rangées de **pièces qui flottaient**.

La silhouette s'approcha.

Eli avait du mal à respirer.

« Qui… qui es-tu ? » chuchota-t-il.

Les yeux de la silhouette **scintillaient doucement**.

« Je suis le gardien des voeux. Le gardien des voeux oubliés. »

« Seuls ceux qui ont un cœur pur peuvent pénétrer dans cet endroit. »

« C'est pour cela que la porte t'a permis d'entrer. »

Eli a ressérré la pièce **plus fort**.

Alors pourquoi ai-je l'impression d'avoir vraiment, vraiment mal agi ?

Un choix qui a des conséquences

Les doigts d'Eli se firent plus serrés autour de la pièce.
Le Gardien des Souhaits le regardait, ses yeux dorés étaient à la **fois sereins et implacables**.

« Sais-tu ce que tu as entre les mains ? »

Eli avala.
Il observa la pièce dans sa main.
Elle était **ancienne, usée et fissurée**.
Mais à la différence des autres, elle ne scintillait pas.
Elle ne murmurait pas.

Pourquoi celle-ci paraît-elle… différente ?

Eli secoua la tête. « Je… je ne suis pas sûr. »

Le gardien des voeux **laissa échapper un soupir**.

« *Certains souhaits se sont égarés pour une raison.* »
« *Certains étaient trop forts.* »
« *Certains… n'auraient jamais dû être réalisés.* »

L'estomac d'Eli **se noua**. Il jeta un autre coup d'œil à la pièce.
Il y avait une **inscription qui était à moitié effacée**.
Un rêve entamé… mais jamais accompli.

« Si tu prononces les derniers mots, le vœu se concrétisera »,
dit le gardien des vœux.
« Mais fais attention : les voeux peuvent avoir des
conséquences. »

La chambre **vibrait**. Les autres pièces tourbillonnaient autour
de lui, comme si elles étaient impatientes de découvrir ce qu'il
allait entreprendre.

Est-ce que je réalise le souhait ?
Ou le remettre avant qu'il ne soit trop tard ?

Le cœur d'Eli **battait la chamade**.
Et ensuite- **Il chuchota les derniers mots**.

Un vœu qui transforme tout

La voix d'Eli **s'échappait à peine de ses lèvres**.
Mais au moment où les derniers mots furent dits,
La chambre a explosé avec une lumière dorée.
Les pièces **tourbillonnaient autour de lui, s'accélérant de plus en plus**.
La cape du gardien des vœux **brillait comme une flamme**.
Eli **se couvrit les yeux**. « Qu'est-ce qui se passe ?! »

« Tu as fait un vœu qui n'était pas censé se réaliser », résonna la voix du gardien des vœux.

L'air brillait.
La salle a changé.
Une transformation était en cours.

Eli cligna des yeux devant la lumière, et tout à coup...
Il n'était plus dans la chambre.
Il était dans **un autre endroit**. Quelque part qu'il **a reconnu**.
Un lieu qu'il croyait qu'il **ne reverrait jamais**.

Le monde qui ne devrait pas être là

Le souffle d'Eli **s'interrompit**.
La lumière dorée s'estompa. Et tout à coup, **il se retrouva debout dans un lieu qu'il connaissait… mais qu'il ne connaissait pas vraiment non plus**. C'était sa ville. Les mêmes ruelles tortueuses. Les mêmes stands de marché. Le même **ciel**. Mais il y avait quelque chose qui **clochait**.

Tout paraissait… tout frais.

Les bâtiments en pierre étaient en parfait état, sans fissures ni signes d'usure. Les arbres n'étaient pas tordus avec le temps. Les personnes qui passaient n'étaient pas pressées : elles **souriaient, riaient, indifférentes au passage du temps**. Les mains d'Eli **tremblaient**. « Ce n'est pas vrai… »
Puis il l'entendit.

Une voix, tendre, connue. "Eli…?"

Son cœur s'arrêta. Doucement, il se tourna. Et, là, debout, il le regardait avec des yeux **écarquillés d'incrédulité**,
C'était une personne qu'il croyait ne jamais revoir.

NRKESPAC

Un visage d'autrefois

Le cœur d'Eli battait avec force.
La personne qui se trouve devant lui… **ne devrait pas être là**.
Il devait avoir **disparu**. Perdu.
Un souvenir qui **s'efface doucement avec le temps.**
Mais à présent—
Il était réel.
Respirant.
Le regardant comme s'il était celui qui ne devait pas y être.

J'ai accompli mon voeu.

Le monde qui l'entourait **paraissait plus pesant**.
Trop génial.
Trop lumineux.
Le vœu **transformait tout**.
Et Eli a finalement compris—

Tous les souhaits ne sont pas faits pour se réaliser.

MARKESPAC

Un vœu trop puissant

Eli prit une grande inspiration, un peu tremblante.
Le monde autour de lui **paraissait parfait**, mais cela **semblait mal**.
Trop net. Trop brillant. Trop figé.
Et la personne qui se trouve devant lui ?
Ils n'étaient pas supposés être ici.

J'ai voulu quelque chose qui aurait dû rester oublié.

La personne – **quelqu'un qu'Eli avait autrefois chéri et perdu** *– s'est approchée.*
« Eli… pourquoi as-tu l'air si inquiet ? »

Eli **ne pouvait répondre**.
Parce qu'au fond, il savait la vérité.

Le monde a changé.
Le passé a été réécrit.
Et maintenant, le temps s'écoulait.

Quand le temps se fissure

L'esprit d'Eli s'emballait.

C'était une petite boulette.

Le monde qui l'entourait **paraissait parfait**.
La ville brillait davantage, **préservée par le temps**.
Les gens affichaient des sourires, **inconscients que quelque chose n'allait pas**.
Et Finn… Finn se **tenait juste là, devant lui**.

Eli a perdu son souffle.
Son frère jumeau **ressemblait exactement à ce dont il se souvenait**.
Cheveux en désordre. Yeux pétillants. Le même sourire espiègle. Finn **n'avait pas changé**.
Mais Eli oui.
Finn sourit.
« Pourquoi as-tu l'air d'avoir croisé un fantôme ? »
Eli ouvrit la bouche, mais aucun mot ne sortit.

Parce que c'est ce que tu es.

Finn **se mit à rire** et saisit le bras d'Eli.
« **Allez, le lent ! On doit encore courir jusqu'au grand arbre !** »
L'estomac d'Eli se **noua**.

On avait l'habitude de courir tout le temps.
Avant...

Il avala difficilement. « Finn, attends... »
Mais Finn courait déjà en avant, **comme il le faisait toujours.**
Comme si tout restait pareil.
Comme si le temps n'avait pas passé du tout.

Mais il avait passé.

Eli prit une grande inspiration, un peu tremblante—
Et le suivit !

La seule sortie

Eli suivait Finn à travers la ville scintillante.
Son cœur battait à tout rompre.

Ceci n'est pas vrai.

Mais Finn, **en riant et en courant, débordant de vie,**
paraissait tellement réel.
Trop vrai.

« Allez ! » s'exclama Finn en se retournant. « Tu es tellement
lent maintenant ! »
Le souffle d'Eli se coupa.
Il était le paresseux.
Mais à présent…

J'ai grandi. Mais Finn, lui, n'a pas changé.

Ils arrivèrent au grand arbre sur la place du village.
Finn s'arrêta en glissant, **avec un grand sourire.**

SHOP

« Tu m'as enfin rattrapé ! »
Eli ne dit rien.
Parce qu'il y a quelque chose qui **a capté son attention**.
Dans la vitrine du magasin à leur côté—

Leur reflet.

La poitrine d'Eli se **contracta**.
Son propre visage était **plus âgé**.
Celui de Finn ne l'était pas.
Finn remarqua qu'Eli le fixait du regard.
Son sourire **disparut**.
Il observa ses propres mains.
Ses petites mains qui sont restées les mêmes.
Doucement, ses doigts se replièrent en un poing.
Il a eu du mal à déglutir.

Il le sait.

Finn se tourna vers Éli.
« Combien de temps ai-je été absent ? »

SHOP

L'annulation d'un voeux

La gorge d'Eli se contracta.
La question de Finn **flottait dans l'air**.
« **Combien de temps ai-je été absent ?** »
Eli **ne pouvait pas répondre**.
Ses mains tremblaient.

Comment annoncer à son frère jumeau qu'il est parti depuis des années ? Qu'il s'est noyé? Qu'il n'a pas pu le sauver?

Finn baissa les yeux sur lui. Sur ses petites mains.
Dans le monde qui l'entoure, rien n'a changé.
Son souffle a cessé.
Sa voix était désormais plus douce.
« **Je n'ai pas grandi, n'est-ce pas ?** »
Eli avait **très mal** à la poitrine.
Il secoua la tête. « **Non.** »
Finn souffla **doucement**.
Pour la première fois, son sourire **était hésitant**.

La ville qui les entourait **scintillait**.
Les ombres s'étiraient **dans la mauvaise direction**.
Les bâtiments balançaient entre le passé et le présent.
L'air était plein de chuchotements.

« Certains désirs doivent rester oubliés… »

« On ne peut pas réécrire le temps… »

« Relâche-toi. »

Les mains de Finn tremblaient.
Il fixa Eli du regard.
Alors que la ville s'écroula autour d'eux.

Il a compris maintenant.

Sa voix était tremblante.
« Je n'étais pas supposé rester, n'est-ce pas ? »
Les yeux d'Eli brulaient. « Non. »

Finn avala difficilement.
Ensuite, il **a souri**.
« C'est bon, Eli. »

Le souffle d'Eli s'interrompit.

Comment peut-il accepter cela ?

Comment puis-je faire ça ?

Finn **tendit la main**, ses petits doigts s'enroulant
doucement autour de ceux d'Eli.
**« Tu n'as pas besoin de me chercher tout le temps. » «
J'étais toujours à tes côtés. »**

La terre **a tremblé**.
Des fissures dorées **traversèrent le ciel**.
Le corps de Finn **a commencé à disparaître**.
« À bientôt, Eli. »

Un vœu souvenu

Eli **étendit la main vers Finn**, mais ses doigts ne
rencontrèrent que l'air.
Le sourire de Finn **demeura**, même lorsque la lumière dorée
le tirait au loin.
Eli avait très mal à la poitrine.

Je ne veux pas abandonner.

Mais il devait le faire.
Et c'est exactement ce qu'il a fait.

Le monde **était en morceaux.**
La ville scintillante **s'est écroulée dans la lumière.**
Les chuchotements **se sont apaisés**.

Et quand Eli a ouvert les yeux,
Il était de retour dans les souterrains.

La salle des vœux perdus avait disparu.

Pas de lueur dorée.
Aucune pièce flottante.
Juste le calme.
Les doigts d'Eli cherchèrent doucement dans sa poche.

Vide.

La pièce avait aussi disparu.
Comme si elle n'avait jamais été là.

Mais quelque chose en lui **paraissait différent**.
Plus léger.
Comme s'il avait porté un poids lourd pendant une éternité...
Et finalement, laissez-le s'en aller.

Le matin suivant, Eli se baladait dans la ville.
La **véritable ville**.
Ce n'était pas en or, ce n'était pas parfait.
Mais c'était sa **maison**.
Il traversa le marché, les ruelles, les endroits qui lui
paraissaient autrefois si vastes.

Et quand il a regardé le ciel,
Il a chuchoté un vœu.

Pas pour changer le passé.

Pas pour ramener ce qui a été perdu.

Mais pour toujours se souvenir.

Et pendant qu'il se retournait pour s'en aller...
Le vent lui répondit en chuchotant.

*** Fin! ***

La pièce tombée des étoiles

Une histoire magique et inspirante sur les voeux,
l'appartenance et l'univers

La lumière qui tombe

Nova discutait avec les étoiles.

Pas à voix haute, bien sûr, elle n'était pas étrange.

Mais quand elle était allongée sur son toit la nuit, à contempler le ciel infini, elle avait l'impression qu'elles **l'écoutaient**. Comme si elles **prenaient soin d'elle**. Comme si elles étaient les seules à comprendre.

Elle chuchotait ses pensées, et ils clignaient des yeux en retour.

« Aujourd'hui a été un peu compliqué. » (Un léger éclat.)
« Je me demande si les gens évoluent vraiment. » (Un éclat au loin.)
 « Croyez-vous que mes parents seraient contents de moi ? » (Un éclat soudain et surprenant.)

Les étoiles n'ont jamais chuchoté, mais elles étaient en accord avec elle.

Cette nuit-là, le ciel avait une **allure particulière**.
L'atmosphère était **paisible**.
Les étoiles **se sont tues, attendant.**
Alors-

Une lueur argentée fila à travers l'obscurité.

Une étoile filante.
Nova se redressa. « C'était… »
Mais avant qu'elle ait pu terminer, la lumière changea de
direction.

**Elle ne tombait pas comme une étoile ordinaire, elle tombait
doucement.**

Directement vers la forêt au-delà de sa maison.

Ce n'est pas normal.

Son cœur battait à tout rompre.
Elle sauta du toit, prit une lampe de poche et se précipita vers
les arbres.

Les bois étaient **paisibles**. Trop paisibles.
Le souffle de Nova **embrumait l'air** alors qu'elle avançait
prudemment sur les feuilles mortes. Elle suivit la lueur argentée,
de plus en plus intense, jusqu'à ce qu'elle l'aperçoive.
Pas une météorite, ni un bout de pierre venue de l'espace.
Une pièce de monnaie.
Étendu dans l'herbe, **scintillant doucement**.
Nova **la fixa du regard**.

Quel type d'étoile descend comme une pièce de monnaie ?

Elle tendit la main, un peu hésitante. Puis elle **la ramassa**.

Dès que ses doigts ont effleuré la surface, les étoiles au-dessus d'elle ont décalé.
Comme si tout l'univers venait de **prendre une respiration**.
Le cœur de Nova **battait plus vite**.

Ça... ce n'est pas qu'une simple pièce de monnaie.

C'était **différente**. Une chose qui **attend d'être découverte**.
Et Nova venait tout juste de faire **partie de son histoire**.

Le chuchotement de l'univers

La pièce **vibrait** dans la main de Nova.
Pas un bruit fort, juste une douce et régulière vibration.
Comme un doux battement de cœur.
Comme si elle était... **vivante**.
Nova avait du mal à déglutir.

Ce n'est pas normal.

Elle le retourna, s'attendant à découvrir une sorte d'écriture,
mais… Rien du tout.
Pas de chiffres, pas de symboles.
C'est juste du métal lisse et brillant qui ne devrait **pas être là**.
Cette nuit-là, Nova était encore assise sur son toit, la pièce
posée à ses côtés.
Les étoiles scintillaient dans le ciel comme ci elles savaient.
Elle inspira profondément.

« D'où viens-tu ? »

La pièce n'a pas répondu.
Mais l'atmosphère autour d'elle se **transforma**.
Les étoiles paraissaient **s'approcher**.
Alors-

Un chuchotement.

Pas de voix.
Pas de mots.
Une sensation.
Doux. Ancienne. À la recherche.

« Un voeu, une fois exprimé… ne disparaît jamais vraiment. »

Le cœur de Nova **battait avec force**.

Est-ce que je viens de l'entendre… ou de le sentir ?

Elle jeta un coup d'œil à la pièce.
Elle **scintillait** un peu plus intensément.
Comme si elle espérait que quelqu'un l'entende.

La carte des étoiles

Nova n'arrivait pas à trouver le sommeil. La pièce reposait sur son bureau, **scintillant doucement dans l'obscurité.**

« Un voeu, une fois exprimé… ne disparaît jamais vraiment. »

Les mots **résonnaient** dans sa tête.
Quel voeu ?
Le voeu de qui ?

Elle se redressa sur son lit, prit la pièce et l'a tenue sous la lueur de la lune. C'est à ce moment-là qu'elle les a aperçues. De petites marques **presque invisibles** sont apparues à la surface, comme de délicates **fissures dans le métal**. Non… pas de fissure.

Une carte.

Les lignes étaient ondulées, enroulées, formant des constellations. Le souffle de Nova **s'arrêta**. Ce n'était pas juste une pièce. **C'était un message**. Une carte rédigée dans la **lumière des étoiles**. Et cela l'emmenait **quelque part**.

Le mystère de l'observatoire

Nova a tracé des lignes brillantes sur la pièce.
Une carte rédigée dans la lumière des étoiles.
Mais où cela nous conduit-il ?
Elle a pris son téléphone et a retiré une carte des étoiles.
Ses doigts dansaient rapidement, alignant les inscriptions de la pièce avec les constellations.
Et puis-

Un match idéal.

La carte montrait un **lieu réel**.
L'**ancien observatoire à la périphérie de la ville**.

La nuit d'après, Nova se tenait devant le vieux observatoire. Il faisait sombre. Tranquille. **Oublié**. Elle hésita.

Si je rentre, il n'y a pas de chemin de retour.

La pièce dans sa poche vibrait. Comme si elle lui donnait du courage. Nova prit une grande inspiration.
Et entra à l'intérieur.

Le livre célestre

L'observatoire était rempli de **poussière et de souvenirs du temps passé.** La lampe de poche de Nova éclairait l'obscurité, dévoilant des **télescopes rouillés** et des tas de vieux livres. L'air était plein de tension, comme si tout l'endroit était en attente. Puis... Sa lumière se posa sur quelque chose de bizarre. Un socle. Et sur le socle…
Un livre.

Les mains de Nova **tremblaient** alors qu'elle souleva la couverture du livre. À l'intérieur, il n'y avait **pas de paroles.** Juste des **cartes des étoiles, des constellations tourbillantes et des symboles mystérieux.**
Mais une page a vraiment **attiré son attention**.
Un unique vœu, rédigé dans une langue qu'elle ne pouvait pas saisir, sauf pour une phrase.

« Récupérer ceux qui se sont perdus et les ramener chez eux. »

Le pouls de Nova s'emballa. Elle plongea sa main dans sa poche : la pièce scintillait plus que jamais.
D'une certaine façon , elle le savait... Ce livre avait la réponse.

La porte de l'univers

Les doigts de Nova traçaient les mots.

« Récupérer ceux qui se sont perdus et les ramener chez eux. »

Son cœur **battait à tout rompre.**

Qui a formulé ce vœu ?
Et qui sont ceux qui se sont perdus ?

La pièce dans sa poche **vibrait, plus tiède à présent.**

Comme si elle avait attendu ce moment.
Alors-

L'observatoire trembla.

L'air qui l'entourait se **transforma.**
L'un des murs – non, pas **un mur... une porte.**
Une porte qui **n'existait pas auparavant.**

Et au centre de tout cela—

Une fente, **de la taille précise de sa pièce.**

Le souffle de Nova **trembla.**

Elle sortit la pièce.
Elle étincelait comme **un petit éclat d'étoile.**

Est-ce que je le fais ?
Est-ce que j'ouvre la porte ?

Ses mains **tremblaient***, mais elle savait la réponse.*

Elle a soulevé la pièce—
Et l'a insérée dans la fente.

La salle entière a explosé de lumière.

Le message des étoiles

Nova ferma les yeux.
La **lumière** était tellement éclatante, si intense, com me sielle se tenait dans une étoile.
Puis, tout aussi soudainement que cela est arrivé,
Elle a **disparu**.
Nova cligna des yeux.
L'observatoire s'était **évaporé**.
Elle se tenait sous un ciel infini.

Flottant. En apesanteur. Suspendue parmi les étoiles.

Un léger **bourdonnement** flottait dans l'air.
Elle fit demi-tour—
Et haleta.
Une **forme faite de poussière d'étoile** se tenait devant elle.
IElle n'avait pas de visage ni de bouche, seulement deux lumières éclatantes à la place des yeux.
Alors-
Elle a **parlé**.

« Tu as répondu à notre appel. »

Le souffle de Nova **s'interrompit**.

Un appel de qui?
Qui êtes-vous?

La silhouette leva une main, et tout à coup...

Les souvenirs se bousculèrent dans sa tête.

Les étoiles **s'éteignant**.
Des voix qui **appellent à travers les galaxies**.

Un vœu exprimé il y a longtemps :
« Récupérer ceux qui se sont perdus et les ramener chez eux. »

Nova fit un pas en arrière en titubant.
Elle comprit enfin.

Le vœu... ce n'était pas pour la Terre.
C'était pour eux.

Les voyageurs oubliés

L'esprit de Nova **tournait**.

Les souvenirs qui l'envahissaient n'étaient pas les siens.
Ils étaient à **eux**.

Les perdus.

Elle aperçoit des éclairs de **vaisseaux dorés flottant dans l'espace. Des planètes abandonnées.**
Les étoiles s'éteignant, puis **l'obscurité**.

Une voix chuchota, tendre mais pleine de peine :

« Nous avons cherché… pendant trop longtemps. »

Le souffle de Nova **cessa**.

Ils ne sont pas juste perdus.
Ils patientaient.

Elle baissa les yeux : **la pièce qu'elle tenait dans sa main vacillait.**

Pas comme un message.
Pas comme une carte.
Comme un phare.

Le voeu n'a jamais été de **trouver un lieu.**

C'était afin de **se retrouver**.

Nova avait du mal à déglutir.

« En quoi puis-je vous assister ? »

La silhouette de poussière d'étoile leva une main—
Et elle désigna le **ciel**.

Le voeu final

Nova suivit les yeux de la silhouette. Au-dessus d'eux, les étoiles se **décalaient**, les constellations se **réorganisaient**. Et dans l'immensité du vide spatial— **Un sentier est apparu.**

Le chemin du retour.

La silhouette se retourna vers elle.

« Tu es la dernière pièce du puzzle. »

Le cœur de Nova **battait avec force**.
Elle regarda la pièce dans sa main, qui **scintillait doucement**.
Elle avait toujours **attendu** la bonne personne. Une personne pour **entendre l'appel**. Une personne pour compléter le voeu.
Nova prit une grande inspiration. Elle leva la pièce—
Et chuchota :
« Trouve ton chemin vers la maison. »

Au moment où les mots s'échappèrent de ses lèvres—
L'univers tout entier a réagi.

La lumière retourne à la maison

La pièce **scintillait plus que jamais**.
Nova l'**a relâchée**.
Elle s'élevait, **d'abord lentement, puis de plus en plus vite**.
Les étoiles dans le ciel **ondulaient**.

Le chemin du retour s'est enfin ouvert.

La silhouette de poussière d'étoile se retourna vers elle.

« Merci, chère rêveuse. »

*La silhouette a **commencé à disparaître**, se fondant dans la lumière.*

Mais Nova ne ressentait aucun **sentiment de perte**. Elle se sentait **épanouie**. *Le vœu avait été réalisé.*

Et quelque part, loin au-delà de la Terre, les âmes perdues retrouvaient leur chemin vers chez elles.

La lumière l'a **complètement englouttie**.

Et quand elle a ouvert les yeux = Elle était de retour, allongée sur son toit.

L'observatoire, la porte éclatante, la pièce de monnaie : tous évaporés.

Est-ce que c'était vrai ?

Nova n'était pas très certaine.

Mais en levant les yeux, elle aperçut quelque chose qui, elle en était certaine, **n'était pas là avant.**

Une **nouvelle constellation**. En forme de pièce de monnaie, elle scintillait doucement. Comme un rappel.

Comme un chuchotement.

Comme un **remerciement**.

Nova sourit.

Et pour la première fois, elle ne sentait pas seulement que les étoiles l'écoutaient.

Elle avait l'impression qu'elles connaissaient son nom.

*** Fin! ***

La pièce de monnaie disparue

Un mystère enchanteur à propos des objets que nous égarons, les souvenirs que nous laissons de côté et les trésors qui refont surface

La pièce qui ne voulait pas se laisser être perdue

Max n'était pas le type d'enfant à croire à la magie.
De la chance ? Une coïncidence ? Évidemment. Mais de la magie ? **Aucune chance**.
Alors, quand il a découvert une vieille pièce de monnaie sur le trottoir après l'école, il ne s'y est pas vraiment intéressé.
Elle était **usée et rayée**, avec de curieuses marques sur les bords.

Max haussa les épaules et la lança dans les airs.

CLIC.

L'attrapa. Et l'a glissa dans sa poche.
Et l'**oublia complètement**.

Cette nuit-là, en vidant ses poches sur son bureau, il s'est rendu compte que la pièce avait disparu.
Max plissa les yeux.
Il a inspecté son sac à dos. Ses poches. Le sol.

Bizarre…

Mais peu importe. Ce n'était qu'une simple pièce.

Le lendemain, Max marchait devant la vieille bibliothèque quand quelque chose de brillant **capta son regard.**

Une pièce de monnaie.
Étendue sur les marches.
Il s'est penché et l'a ramassée.

Certainement pas …

C'était **la même pièce.**

Les mêmes marques. Les mêmes éraflures.

L'estomac de Max se **noua.**

Il était conscient qu'il avait égaré cette pièce.
Alors pourquoi l'**avait-il redécouverte** ?

L'histoire de la pièce de monnaie

Max tourna la pièce dans sa main.
Cela semblait tout à fait **normal**. Mais ce **n'était pas vrai.**
Il l'avait **égarée**. Et maintenant,elle était **de retour** !

Ce n'est pas normal.

Max glissera la pièce dans sa poche, un peu **plus serrée cette fois.**

À la maison, il s'était installé à son bureau, son ordinateur portable allumé.
Si cette pièce **s'évanouissait puis réapparaissait** sans arrêt,
alors peut-être… peut-être qu'elle avait une histoire à raconter.

Il était à la recherche de **pièces avec des marques bizarres.**
Défilant des **pièces anciennes, des objets de collection et des trésors de pirates.**
Et ensuite-
Une **correspondance.**

Une ancienne coupure de journal **de presque cent ans.**

« La pièce disparue du magicien : un mystère sans fin. »

Le cœur de Max **battait plus vite.**

L'article parle d'un **magicien célèbre** qui accomplissait un tour incroyable :

Il a fait disparaître une pièce… et elle n'est jamais réapparue.

Jusqu'à présent.

Max regarda la pièce qu'il tienait dans sa main.

Et si ce n'était pas simplement une pièce de monnaie ?

Et si elle est encore à la recherche de quelque chose ?

Les indices de la disparition

Max ne pouvait pas s'empêcher de réfléchir à l'article.

Une pièce manquante d'un magicien ?
Un tour qui ne s'est jamais arrêté ?

Il faisait tourner la pièce dans ses doigts.
Si c'était la **même pièce**, pourquoi se montrait-elle maintenant ?
Il a choisi de l'essayer. Cette nuit-là, il a mis la pièce sur son
bureau.

Il a pris une photo.
Il est parti de la chambre.
Il est revenu une heure après.
La pièce s'était évaporée.

Le cœur de Max s'accéléra.
Il a exploré le sol. Ses poches. Le bureau.

Disparue.

Mais la véritable question était :
Où se montrerait-elle ensuite ?

Les endroits oubliés

Max n'a pas eu à patienter longtemps.
Le jour suivant, en marchant devant la vieille bibliothèque,

Elle était là.

Assise sur les escaliers. En attente. Son ventre se noua.

Pourquoi ici ?

Il la ramassa et la tourna entre ses doigts.
Puis il tourna son regard vers la bibliothèque.
C'était paisible, presque déserte.

À travers la fenêtre, il aperçut une **dame âgée** qui empilait des
livres. Quelque chose en elle paraissait… **solitaire**.
Comme si **elle faisait partie de la bibliothèque que personne
ne se souvenait d'avoir.**

Max était indécis.
Puis, prenant la pièce, il entra à l'intérieur.

L'histoire oubliée de la bibliothécaire

La bibliothèque avait une odeur de **poussière et de vieux livres**. Max hésita, tenant la pièce dans sa main. La vieille bibliothécaire leva les yeux et remit ses lunettes en place.

« Puis-je t'aider, mon cher ? »

Max déglutit. « Euh… savez-vous quelque chose sur les pièces enchantées ? »
Ses yeux se **plissèrent**. Pendant un petit moment, elle resta silencieuse. Puis elle poussa un soupir.

« La magie, ce n'est pas seulement des tours, tu sais. »
Elle tapa le bureau. « Certaines choses s'évanouissent parce que les gens les oublient. »

Max fronça les sourcils. « Comme quoi ? »
La bibliothécaire afficha un sourire **mélancolique**. *« Comme des contes qui n'ont jamais été partagés. »* Elle pointa la **partie poussiéreuse au fond, avec des livres restés intacts depuis des années**. Le cœur de Max **battait la chamade**.

La pièce m'a amené ici pour une raison.

Le tour de la disparition

Max suivit le regard du bibliothécaire **vers les étagères couvertes de poussière au fond.** Des livres **intacts**, laissés de côté. Oubliés. Tout comme la pièce de monnaie.

Qu'est-ce ce qu'elle est en train de chercher ?

Il glissa ses doigts le long des dos des livres jusqu'à ce qu'il l'aperçoive— **Un ancien journal, caché derrière les autres.**

Il l'a tiré. La couverture avait perdu de sa couleur, et les pages jaunies. À l'intérieur, inscrit d'une belle calligraphie, se trouvait un nom.

Élie le Grand — Le sorcier qui s'est évaporé.

Max était sans voix.
Ce magicien…
C'est lui qui a égaré la pièce.

Et maintenant, la pièce avait découvert son récit.

Le secret du magicien

Max tournait les pages.

Élie le Grand.

Un magicien renommé pour un tour incroyable. Un mystère que personne n'a réussi à élucider : la pièce qui s'évapore. Le journal racontait l'histoire d'un homme qui avait passé sa vie à chercher quelque chose.

- Il a joué dans de magnifiques théâtres.
- Il a étonné le public.
- Mais son dernier tour n'a **jamais été une illusion**.

Une nuit, pendant un spectacle, il fait **disparaître** une pièce de monnaie. **Et elle n'est jamais revenue.**

Jusqu'à présent, les doigts de Max s'enroulaient autour de la pièce.

Mais pourquoi est-elle revenue… vers moi
La dernière page du journal n'avait qu'une seule phrase. *« La pièce redécouvrira toujours ce qui a été oublié. »* L'estomac de Max se **noua**.

Alors, qu'est-ce que je suis censé me souvenir ?

Le tour oublié

Max fixa le journal.

« La pièce retrouvera toujours ce qui a été oublié. »
Mais qu'est-ce que cela veut dire ?

Il regarda la pièce avec attention. Elle **brillait doucement**, presque comme si elle **attendait**. Puis, elle **s'évanouit**. Juste en face de lui. Le cœur de Max battait à tout rompre. Il n'avait même pas senti qu'elle était partie de sa main. Elle avait tout simplement… disparu. Mais si la pièce était à la recherche de quelque chose d'oublié…

Où irait-elle après ?

Max pensa à la bibliothécaire. Aux livres que personne ne feuilletait. Au dernier tour du magicien.
Élie le Grand n'a pas seulement fait disparaître une pièce.
Il était à la recherche de quelque chose.

Et tout à coup, Max savait exactement où chercher.

ECLORE
OT IME
STOR

Le dernier indice du magicien

Max **courait**. À travers les portes de la bibliothèque. Dans les rues désertes. Il savait où la pièce serait située.
Pas dans un endroit ordinaire, ni dans une poche, ni sous son lit.

Il était à la recherche de quelque chose d'oublié.

Et il y avait un coin dans la ville où les **objets perdus avaient toujours tendance à se retrouver** : le **vieux théâtre**.
Plein de poussière. Barricadé. **Abandonné depuis des années**.
Mais autrefois, c'était le lieu le plus enchanteur de la ville.
Et Élie le Grand avait donné ici son **dernier spectacle**.
Max s'approcha, le **cœur palpitant.**

Si la pièce est ici… alors je suis sur le point de comprendre pourquoi elle est de retour.

Il ouvrit les portes qui grinçaient. Et juste là, au milieu de la scène déserte— **La pièce.**

En attente. Pour lui.

Le dernier acte de disparition

Max a grimpé sur scène.

L'atmosphère était **chargée de poussière et de silence**. Mais la pièce était là, **étincelante comme si elle avait patienté toutes ces années**. Max étendit doucement la main vers elle. **Et au moment où ses doigts frôlèrent la surface**… Une voix chuchota à travers le théâtre désert.

"Tu m'as trouvé."

Max resta immobile. La voix était **douce, lointaine**, comme l'écho d'un souvenir lointain. Puis il la remarqua.

Un **contour pâle** dans la poussière, la silhouette d'un homme se tenant sous les lumières.

Élie le Grand. Le magicien qui a disparu.

Le magicien qui avait **égaré quelque chose qu'il ne pourrait jamais retrouver**.

Et maintenant, Max avait compris.

La pièce n'était pas faite pour être possédée.
Elle devait finir le tour.
Pour finir ce qui avait été laissé en suspens.

Max ferma les yeux.
Serra la pièce dans ma main une dernière fois.
Et chuchota :

« C'est le moment de rentrer à la maison. »

La pièce s'est **évaporée**.
Cette fois, pour de bon.
Et qu'en est-il de la voix au théâtre ?

"Merci."

Le jour suivant, Max a fouillé dans ses poches.
La pièce était partie.
Pour la première fois, elle **n'était pas revenue**.
Mais alors qu'il marchait devant le vieux théâtre… Il jura avoir
aperçu une **douce lueur** sur la scène déserte.
Comme un tour complété.
Comme une histoire qui prit enfin vie.
Max a eu un grand sourire. Et est parti.

*** Fin! ***

La dernière pièce de l'empereur.

Un secret du passé sur le pouvoir, l'héritage et l'importance de l'histoire.

Le trésor déterré

Kai essuya la transpiration de son front.
Le soleil **brillait** sur le site de fouilles, transformant le sol sous ses pieds en une **poussière chaude**.
Il n'était pas encore archéologue, **mais ça viendra**.
Mais passer l'été à faire de vraies fouilles ? Aider à déterrer l'histoire oubliée de l'**Empereur d'or**?

C'était le type d'aventure qu'il avait toujours rêvé.

« Kai ! Viens par ici ! »

Il se retourna pour apercevoir le Dr Lin, l'archéologue en chef, qui lui faisait signe de s'approcher.
Kai courut vers elle, en faisant attention de ne pas marcher sur quoi que ce soit d'important.
Elle pointa une petite **pièce scellée** qu'ils venaient de trouver.

« Nous avons découvert quelque chose. »

À l'intérieur de la chambre, à moitié caché sous la poussière, se trouvait un coffre doré et décoré.

Le cœur de Kai **battait avec force.**

Le Dr Lin l'ouvrit doucement.

Et à l'intérieur, au milieu des trésors et des bijoux, il y avait une seule pièce de monnaie.

Contrairement aux autres, il était plus sombre, plus ancien, unique.

Kai tendit la main vers elle—

Dès que ses doigts effleurèrent la surface, un doux murmure envahit l'air.

« Ne gardez pas ce qui appartient au passé. »

Kai recula en trébuchant.

Est-ce que quelqu'un d'autre a entendu ça ?!

Mais le Dr Lin était trop pris à examiner les autres trésors.

Seul Kai l'avait entendu. Et dans sa main, la pièce **était chaude.**

Comme si ce n'était pas juste du métal.

Comme si elle était vivante.

La malédiction des oubliés

Cette nuit-là, Kai avait du mal à trouver le sommeil.
L'ancienne pièce placée sur son bureau, scintillait doucement dans la lumière tamisée.
Ce n'était pas prévu pour qu'elle soit spéciale, juste un autre objet. Alors, pourquoi est-ce qu'elle paraît **différente**?

Et pourquoi a-t-elle chuchoté ?

Kai le fit tourner entre ses doigts.

Des symboles étaient **sculptés sur le bord**, mais l'écriture était ancienne, **trop abîmée pour être déchiffrée**.

Son ordinateur portable était allumé à ses côtés, avec des onglets de recherche qui remplissaient l'écran.

Il avait parcouru des articles sur les **malédictions des funérailles**, sur la manière dont les empereurs étaient enterrés avec des trésors pour éloigner les voleurs.
Mais cette pièce n'a pas été mise au repos avec de l'or.

Elle avait été enfermée tout **seule**.

Soudainement-

Une brise souffla sa chambre.

Kai se **figea**.
Les fenêtres étaient fermées.
Mais les rideaux **dansaient**.
Et puis-
Une ombre **se déplaça** sur son mur.
Kai **retint** son souffle.

Je ne suis pas tout seul.

Il se tourna soudainement.
Mais il **n'y avait personne autour**.
Juste la pièce.
Toujours **posée sur son bureau**
Toujours **en train de regarder**.

Le voeu final de l'empereur

Kai n'a dit à personne le secret du murmure. Ni celui de l'ombre. Ou le fait que la pièce paraissait maintenant **plus lourde**, comme si elle portait quelque chose **de plus que du métal**.

C'est seulement mon imagination… n'est-ce pas ?

Au petit déjeuner, il a sorti son téléphone et a tapé :
Les malédictions de l'ancien empereur – vraies ou fausses ?
Il a fait défiler les mythes, les légendes et les histoires de fantômes jusqu'à ce qu'il trouve quelque chose qui lui a retourné l'estomac.

Le dernier vœu de l'Empereur d'or.

Selon la légende, les derniers mots de l'empereur n'ont jamais été enregistrés. Certains disent qu'il a laissé un voeu derrière lui, un voeu si puissant qu'il a dû être caché. Et ceux qui ont essayé de le découvrir ?
Ils ont disparu. La main de Kai se ressera autour de la pièce. Était-ce… son dernier voeu ?

Et si c'était le cas, **était-il destiné à être retrouvé ?**

Le spectre du trône

Kai avait besoin de réponses.
Et il savait précisément où les dénicher.

Cet après-midi-là, il s'est échappé du site de fouilles. À
travers les vestiges. Au-delà des panneaux de signalisation.

Vers le palais de l'empereur.

Ou ce qu'il en restait.

Le palais était **silencieux**.
Les murs, autrefois **recouverts d'or**, n'étaient maintenant
plus que des **pierres en décomposition**.
Mais quand Kai est entré à l'intérieur,

Un murmure résonna dans les couloirs vides.

« Tu ne devrais pas te trouver ici. »

Le cœur de Kai **claqua** contre ses côtes.
Il se retourna brusquement : **il n'y avait personne**.

Rien que les ruines.
Rien que le trône.

Et sur la surface glacée et fissurée du trône—

Les mêmes symboles qui figuraient sur la pièce.

Kai prit une profonde inspiration.
Il posa la pièce sur le trône.

La salle trembla.

L'air **scintilla**.

Et devant ses yeux—
Une **silhouette sombre** apparut.

Un homme vêtu d'une **robe royale, avec des yeux brûlants comme des braises.**
L'Empereur d'or.
Et pour la première fois depuis des siècles,

Il parla.

La vérité de l'empereur

La silhouette dans l'ombre s'avança.
Ses yeux scintillaient d'un lueur dorée, mais son visage était
illisible - **un souvenir figé dans le temps.**
Kai **retint son souffle.**

Ce n'est pas possible.

Alors, l'empereur parla.

« Tu as mon dernier vœu. »

Les doigts de Kai se resserrèrent autour de la pièce.
« Ton voeu ? » murmura-t-il.
L'empereur hocha la tête, sa voix était **douce mais pesante.**

*"J'ai régné avec force. Avec puissance. Mon peuple me
craignait - certains disent qu'ils m'aimaient."*

Son expression s'assombrit.

"Mais l'histoire est écrite par ceux qui survivent."

Puis, **les ruines autour d'eux changèrent.**
Pendant un instant, Kai ne se tenait pas dans un palais en ruine.

Il se trouvait dans un souvenir.

Le passé de l'empereur.
La salle du trône était pleine de vie.

Les gardes se tenaient au garde-à-vous. L'or se reflétait sur les murs. Un conseiller royal s'agenouilla devant l'empereur.

"Vos ennemis s'agitent, mon empereur. Que devons-nous faire ?"

Le visage de l'empereur était de pierre.

« S'ils se dressent contre nous, ils tomberont sous nos pieds. "

La scène **changea**.
Un jardin à la tombée de la nuit.
Une femme, **sa femme**.
Un jeune garçon, **son fils**.
L'empereur se pencha et glissa une pièce dans la main de
son fils.

"Un jour, cela te rappellera qui nous sommes."

Le petit garçon **sourit**.
Pour la première fois, l'expression de l'empereur **s'adoucit**.

Le souvenir s'estompa.
Kai était de retour dans le palais en ruine.
Les yeux de l'empereur **scintillaient tendrement**.

*"Maintenant, tu me vois comme j'étais. Impitoyable envers
certains. Dévoué envers d'autres."*
"Un dirigeant... et un père."

Maintenant, Kai avait une décision à prendre.

Le choix d'une existence

Les mains de Kai tremblaient.
Les mots de l'empereur résonnaient dans son esprit.

"Si tu gardes la pièce, mon histoire vivra pour toujours. Mais si tu la rends, mon âme reposera."

C'est ça.
C'est le choix qui décidera de tout.

Kai fixa la pièce.
C'était bien plus que du métal.
C'était le **héritage final d'un souverain**.
Le dernier cadeau d'un père.
Un vœu laissé derrière, attendant d'être exaucé.
Mais maintenant que Kai avait vu le passé de l'empereur...

Méritait-il qu'on se souvienne de lui ?

L'empereur était puissant. Impitoyable. Un homme qui gouvernait avec force.
 Ses adversaires le cragnaient, mais sa famille l'adorait.
 Certains l'appelaient un tyran. D'autres l'appelaient un protecteur.

Alors, quelle était la réalité ?

Le pouls de Kai s'emballa.

S'il gardait la pièce, **l'histoire se souviendrait de lui.**
Mais à quel prix ?
S'il la rendait, **son âme reposerait enfin.**
Mais cela voudrait-il dire **effacer tout ce qu'il était ?**

Que devrais-je faire ?

Kai prit une profonde inspiration.
Et fit son choix.

Un vœu exaucé

Les doigts de Kai s'enroulèrent autour de la pièce.
L'air dans le palais en ruine semblait pesant. L'attente.
La silhouette sombre de l'empereur se tenait juste devant lui.

"Que choisiras-tu ?"

Kai prit une profonde inspiration.

L'empereur n'était pas tout à fait bon ni tout à fait mauvais.
Il était tout simplement… humain.

Un dirigeant qui avait fait des choix. Certains **durs**. D'autres **justes**. Un père qui avait autrefois tenu les petites mains de son fils dans les siennes. Un homme qui voulait qu'on **se souvienne** de lui.

Mais tous les héritages **ne doivent pas forcément être gravés dans la pierre.** Certains occupent une place spéciale dans le cœur de ceux qui n'oublieront jamais.
Kai souleva la pièce - Et la replaça doucement sur le trône.

"Vous avez vécu déjà dans l'histoire."
"Maintenant... reposez-vous."

Les yeux dorés de l'empereur s'adoucirent. Pour la première fois, il sourit. Sa forme commença à **s'estomper**, lentement, paisiblement. Et au moment où il disparut, la pièce disparut aussi.

Les ruines redevinrent silencieuses.
Kai laissa échapper un souffle qu'il n'avait pas réalisé qu'il retenait. Le choix avait été fait. Le passé resterait enterré.
Mais alors qu'il se tournait pour partir, il regarda en arrière une dernière fois. Le trône était vide.
Pourtant, dans la lumière déclinante du soleil, Kai jura avoir vu le plus faible scintillement d'or.
Comme un murmure de ce qui était autrefois.
Comme un dirigeant enfin en paix.
Kai sourit. Et entra dans le futur.

*** Fin! ***

À propos de l'auteure

Belinda Chavremootoo raconte des histoires issues de souhaits oubliés et de jardins secrets, où les pièces perdues chuchotent et où les cœurs tranquilles découvrent leur rugissement.

Elle écrit aussi bien pour les jeunes que pour ceux qui restent jeunes de cœur : des histoires d'émerveillement, de mystère et de magie qui scintillent juste sous la surface du quotidien.

Quand elle n'écrit pas, vous la trouverez dans son jardin, où les tomates poussent à côté du thym, et ses deux chats veillent avec un sérieux noble (et aucune patience pour les trous dans l'intrigue).

Elle croit que chaque âme possède une histoire qui mérite d'être racontée – et parfois, il suffit d'une pièce curieuse ou d'une petite coccinelle parlante pour l'aider à retrouver son chemin vers la maison.

Que vos poches portent toujours des histoires.

Remerciements

Aux conteurs qui m'ont précédé et aux lecteurs qui maintiennent les histoires en vie.

Aux rêveurs, aux silencieux, aux enfants qui chuchotent aux étoiles et aux adultes qui croient encore à la magie, ce livre est pour vous.

Merci à ma famille et à mes amis pour les encouragements, le café, les visages qui me disaient « tu écris toujours ? » et l'amour indéfectible.

À mes deux chats – gremlins de l'intrigue, chauffages de clavier et miaulements nocturnes – vous avez vraiment mérité le titre de producteur exécutif.

Et à vous, lecteurs :
Merci d'avoir participé à ces histoires. D'avoir conservé des pièces perdues, d'avoir suivi les rumeurs et de vous être souvenus de ce que d'autres avaient oublié.

 Vous êtes la magie.

Chaque pièce dans ces histoires contient quelque chose de spécial : des souvenirs, des souhaits ou de la magie.

- Si vous aviez votre propre pièce magique, que contiendrait-elle ?

- Dans « *Les pièces fantômes* », Théo apprend que certaines choses (et certaines personnes) ne veulent pas être oubliées. Pourquoi se souvenir est-il si puissant ?

- « *La Chambre des Vœux Perdus* » met en scène un vœu lourd de conséquences. Pensez-vous que certains vœux devraient rester inexaucés ?

- Dans « *La pièce tombée des étoiles* », Nova entend un murmure venant des étoiles. Avez-vous déjà eu l'impression que l'univers essayait de vous dire quelque chose ?

- « La pièce de monnaie disparue » parle de terminer l'histoire de quelqu'un d'autre. Quelle histoire aimeriez-vous terminer ou transmettre ?

- Dans « La dernière pièce de l'empereur », Kai doit choisir entre se souvenir de l'histoire ou la laisser de côté. Qu'auriez-vous fait, et pourquoi ?

- Quel personnage ou quelle histoire vous a le plus marqué ?

  Que leur demanderiez-vous si vous le pouviez ?